Châteaubriand, F.R. de

Scènes et tableaux tirés d'Atal

Ostervald

1814

Y2 867

Grav. de Bosselman d'après Bleusot
Cat. Expos Chateaubriand, n° 98

SCÈNES ET TABLEAUX

TIRÉS

D'ATALA.

À PARIS,

CHEZ OSTERVALD, RUE DE LA VERRERIE, Nº 14.

DE L'IMPRIMERIE DE P. DIDOT L'AÎNÉ.

1814.

ATALA.

Vierge, qui préféras la mort à l'oubli de tes chastes vœux, je te consacre cet Essai. Une voix harmonieuse a chanté tes malheurs, et fait répandre des larmes sur ton trépas héroïque. Puisse la Gravure, cet art de multiplier aux yeux la représentation des traits brillans de l'histoire ou des nobles leçons de la morale, retracer ton image de manière à intéresser encore ceux qu'a charmés le récit de tes touchantes aventures!

Aux champs lointains et tranquilles où l'Ohio précipite ses ondes vers l'Océan du Mexique, Atala reçut le jour, chez un peuple idolâtre, d'une mère chrétienne. Sa naissance avait failli coûter la vie à sa mère, qui, désespérant de conserver la fille qu'elle venait de mettre au monde, crut la sauver en fesant à Dieu pour elle le vœu d'éternelle chasteté. Vœu fatal qui fit descendre bien jeune Atala dans la nuit du tombeau!

La guerre troublait ces vastes contrées où les zéphyrs avaient balancé le berceau d'Atala, ces profondes retraites où les hommes épars devraient avoir moins de sujets de s'armer les uns contre les autres. Tandis qu'Atala croissait en beauté, fleur céleste que la faux du Tems devait moissonner sitôt, Chactas, dont l'amour allait lui être si funeste, combattait la nation dont Simaghan, père d'Atala, était le chef.

La victoire se déclara pour les guerriers de Simaghan. Chactas, dangereusement blessé, fut entraîné par les fuyards dans la ville de Saint-Augustin, nouvellement bâtie par les Espagnols, et où il fut reçu dans la demeure hospitalière de Lopez, vieillard castillan, qui, charmé de sa jeunesse et de l'aménité de ses mœurs, le traita plus en père qu'en protecteur. Bientôt l'amour de la liberté et le desir de revoir le lieu de sa naissance portèrent Chactas à renoncer aux bienfaits de Lopez, qui ne consentit qu'à regret à son départ. Chactas reprit donc la route des antiques forêts qu'avoit habitées son enfance ; mais son inexpérience l'égara dans les bois, et le fit bientôt tomber entre les mains des Muscogulges, ses ennemis naturels. Simaghan, au nom de sa nation, le voua, selon l'usage de ces peuples, au supplice du feu, et Chactas devait y être livré dès l'arrivée des guerriers dans le grand village d'Apalachucla. Cependant, chargé de liens et gardé par un sauvage, il était assis une nuit auprès du bûcher de la forêt en attendant que la troupe reprît sa marche, lorsqu'une jeune femme à demi voilée vint s'asseoir à ses côtés. Tout en elle était enchanteur : ses yeux étaient humides de larmes ; sa beauté avait quelque chose de céleste, et qui respirait la vertu ; à son sein brillait une petite croix d'or, et dans ses regards paraissait une mélancolie profonde. Chactas crut voir la vierge que l'on envoie au prisonnier de guerre pour charmer ses derniers momens. O fille trop belle, lui dit-il, pour être la vierge des dernières amours, qu'un autre plus heureux que moi s'unisse à vous par de longs embrassemens ! vous me feriez trop regretter la vie !

C'était la fille de Simaghan, chef de la nation ennemie ; c'était Atala qu'une tendre pitié conduisait auprès de lui. Après un entretien de peu de durée, dans lequel il fut désabusé et où il apprit qui elle était, elle s'éloigna.

Plusieurs jours s'écoulèrent : chaque soir la voyait revenir auprès du bûcher, et parler au prisonnier, que déjà l'image d'Atala suivait partout.

Un soir (l'on n'était pas loin d'arriver au village fatal) Chactas était comme de coutume attaché au pied d'un arbre, et gardé par un Muscogulge. Chasseur, lui dit en s'approchant la fille du chef, si tu veux poursuivre les chevreuils, je garderai le prisonnier.

A peine le guerrier bondissant de joie franchissait la plaine, qu'Atala veut engager Chactas à fuir. Un faible lien l'arrête : mais comment s'éloigner, si celle qu'il aime déjà plus que lui-même ne consent à partager ses destinées ? Tout ce que l'amour a de plus tendre et de plus persuasif est employé par Chactas pour engager la belle Atala à le suivre : elle l'écoute sans colère ; déjà même elle a permis qu'un chaste baiser devînt le gage de sa foi. Mais bientôt reprenant un ton plus sévère : Beau prisonnier, dit-elle, j'ai follement cédé à ton desir ; mais où nous conduira cette passion naissante ? Ma religion me sépare de toi pour toujours... O ma mère, qu'as-tu fait ? Hé bien, lui répond Chactas désespéré, je serai aussi cruel que vous : je ne fuirai point ; vous me verrez dans les flammes du bûcher, et vous vous réjouirez de ma mort.

A cette image affreuse, la pitié se fait plus fortement entendre dans le cœur de la jeune vierge : en même tems les rugissemens des crocodiles cachés pendant la nuit sur les bords des sources voisines frappent son oreille ; l'effroi s'empare d'Atala. Fuyons cette grotte noire, s'écrie-t-elle. Chactas l'entraîne au pied des coteaux.

Après avoir erré dans les forêts, elle veut encore le décider à fuir sans elle, et se jette à ses genoux ; mais en vain, Chactas retournera prendre ses chaînes si sa libératrice veut rentrer seule dans le camp de son père.

Généreux combats de l'amour, de la compassion, et du devoir ! Atala plaint et chérit Chactas ; Chactas ne voit plus rien au monde qu'Atala : ni son pays natal, ni sa mère qui le pleure, ni la mort qui l'attend, ne le touchent plus. Mais Atala s'exposera-t-elle plus long-tems dans la solitude aux dangers d'une passion que tout favorise et qu'elle partage? Elle ramène Chactas, espérant une autre fois le déterminer. ·

On repart. L'on est arrivé dans le lieu du supplice : le bûcher s'élève, et l'aurore prochaine doit éclairer Chactas pour la dernière fois. Après plusieurs cérémonies barbares, la nation rassemblée s'était livrée bien avant dans la nuit à la joie et à l'ivresse. Chactas seul veillait au milieu du camp plongé dans le sommeil. Des liens le tenoient fixé contre un poteau, autour duquel étaient couchés les guerriers préposés à sa garde. Déjà il accuse de l'abandonner cette même Atala pour laquelle il meurt; il entonne le chant du trépas.

Cependant, appesanti par le sentiment de ses maux, il était tombé dans cet état léthargique qui n'est ni la vie ni la mort. Il rêvait qu'on le délivrait de ses chaînes, lorsque, soulevant ses pàupières, il aperçoit à la clarté de la lune Atala dénouant silencieusement les cordes dont il est chargé. Il est prêt à pousser un cri; la main qui le délivre se pose sur sa bouche. Une seule corde restait à rompre; mais il paraissait impossible d'y réussir sans éveiller un guerrier qui la couvrait de tout son corps. Que ne peut l'adresse d'une amante! Chactas est libre; il suit sa libératrice.

Quels transports de joie, de bonheur, de reconnaissance, éclatent de la part du jeune Indien lorsqu'ils sont à l'abri des poursuites du camp, qui bientôt a été averti de leur fuite! Hélas! lui dit Atala en lui tendant la main, il a bien fallu que je vous suive, puisque vous n'avez pas voulu fuir sans moi. Elle lui raconte comment elle a séduit par des présens un des chefs, et prodigué des liqueurs spiritueuses à ses bourreaux pour les endormir. Enfin elle lui remet des armes dont elle s'est munie, et panse une blessure qu'un Muscogulge irrité a faite à Chactas tandis qu'il chantait son chant de mort. Au bout de quinze nuits d'une marche précipitée et périlleuse, traversant les fleuves de la Floride, tantôt à la la nage, tantôt sur une frêle nacelle qu'ils avaient construite, ils étaient parvenus dans ces silencieuses solitudes où l'œil ne découvre aucune trace d'habitations. Chaque jour avait accru le sentiment profond qui les dominait : mais Atala nourrissait une secrète mélancolie qui perçait dans ses regards et dans toutes ses actions ; elle interrompait souvent les mystérieux épanchemens de son amour pour Chactas par des prières qu'elle adressait à sa mère. En vain il l'avoit conjurée de verser dans son cœur ce secret fatal ; Atala persistait à le renfermer au fond de sa pensée, et à se refuser aux transports de son jeune amant. Au milieu d'une horrible tempête où la nature déployait autour d'eux le déchaînement des élémens conjurés, Chactas faisait à la compagne de sa fuite un abri de son corps contre les torrens de pluie qui menaçaient de les inonder : de ses mains amoureuses il réchauffait les pieds refroidis d'Atala tremblante. Ce fut alors qu'il apprit qu'elle n'était point la fille de Simaghan, mais chrétienne, et fille de ce même Lopez, jadis le bienfaiteur de Chactas. O ma sœur ! ô fille de Lopez ! s'écria Chactas avec transport en la serrant contre son cœur, tu dois le jour à celui qui m'a tenu lieu de père, et que j'ai quitté pour être libre.

Comment ne point céder à ce redoublement d'ivresse, au charme de ce nouveau lien, à cet abandon au milieu du désert où ils sont égarés, et sans doute perdus pour jamais, où la tempête va peut-être les anéantir ? Atala ne résistait plus que faiblement. Chactas, à la face du ciel, à la lueur des éclairs, ayant pour flambeau d'hyménée les pins des forêts embrasés par la foudre, et pour couche nuptiale la mousse des bois trempée par l'eau de la pluie, allait obtenir Atala pour épouse, lorsqu'un coup de tonnerre terrible, accompagné d'une lueur éblouissante et d'une odeur de bitume, renverse un arbre à leurs pieds. Ils fuient dans l'épaisseur des ombres : tout à coup ils entendent le son d'une cloche ; un chien aboie, un solitaire, chargé d'années, s'approche avec une lanterne qu'il portait à sa main. Le père Aubry, c'était son nom, recueille ces jeunes victimes de l'amour et du malheur. Il les conduit au sommet d'un rocher où la nature avait creusé la grotte qui lui sert de retraite. La charité qui l'anime en faveur de ses hôtes se développe par mille soins ; il les a, dès le premier moment, réchauffés en leur faisant boire un peu de vin, qu'il portait dans une callebasse. Une peau d'ours avait été jetée sur les épaules de la belle Atala, pour la préserver de la pluie qui tombait encore. Un repas frugal est préparé, et du maïs broyé entre deux pierres et formé en gâteau est placé sous la cendre pour être présenté bientôt, avec de la crème de noix, aux deux jeunes convives. Après qu'ils ont réparé leurs forces, ils suivent le père Aubry sur un revers du mont en dehors de sa grotte : là, tous trois assis sur un quartier de rocher, ils contemplent à leurs pieds les restes de l'orage, qui mugit encore sourdement dans le lointain. Atala raconte son histoire au vénérable habitant du Désert. Mes chers enfans, leur dit-il, j'instruis dans la sainte religion du Christ, et conduis à Dieu un petit troupeau de vos frères sauvages, habitant la forêt voisine ; si vous n'avez pas de meilleur asile, je vous offre une retraite parmi ces Néophites : j'instruirai Chactas ; et, lorsqu'il sera digne d'Atala, je la lui donnerai pour épouse.

A ces mots, qui font pâlir Atala, Chactas, transporté de joie, se jette aux pieds du divin vieillard.

Rentrés dans la grotte, un lit de mousse de cyprès est étendu par terre pour Atala. Un abattement profond se peint sur son visage : on voit qu'elle brûle de parler ; un mystère incompréhensible cherche à s'échapper de sa bouche, il semble que la présence de Chactas l'en empêche : on se sépare ; et le solitaire, qui vient d'abandonner sa couche à la jeune vierge, se retire avec Chactas. L'infortuné est loin de prévoir le malheur qui le menace.

A peine le chant matinal des oiseaux de ces solitudes agrestes avait éveillé Chactas, qu'il alla cueillir une rose du Désert, et la déposa, tout humectée des larmes de l'aurore, sur le chaste front d'Atala endormie ; ensuite il cherche son hôte : il avait précédé le retour du matin, et dès le milieu de la nuit il était allé prier sur le sommet de la montagne, c'était assez sa coutume ; il se plaisait, même dans l'hiver, à planer au-dessus des abymes, a recueillir le bruit des fleuves, à voir rouler dans les cieux les nuages, ou à contempler à la clarté de la lune les sauvages beautés du site immense qui l'environne. Le père Aubry, le chapelet à la main, assis sur le tronc d'un arbre tombé de vétusté, attendait Chactas. Il lui propose de l'accompagner, tandis qu'Atala repose encore, au séjour des Néophites dont il lui a parlé la veille. Ils partent, et déjà l'homme de Dieu vient de parcourir avec l'homme de la nature, qui l'écoute et l'admire, le village de la Mission. Le bonheur souriait à chaque pas au jeune sauvage dans un lieu qu'il espérait d'habiter bientôt avec son amante. Son rêve fut de courte durée, et le réveil l'attendait à la grotte du Solitaire. Qui pourrait dépeindre l'étonnement de Chactas lorsque, de retour de cette course au milieu du jour, il ne voit point Atala venir à leur rencontre? L'effroi s'empare de lui; il n'ose pénétrer dans la grotte : mais bientôt, au bruit d'un sanglot qui s'en échappe, il se précipite sur les pas du père Aubry, qui vient d'y entrer. Un spectacle affreux frappe sa vue : à la lueur d'un flambeau de pin que le Solitaire vient d'allumer, il aperçoit Atala pâle, les regards à demi éteints, et presque mourante. Sa bouche essayait encore de sourire. Chactas demeure immobile, un profond silence règne un moment : le père Aubry attribue à une fatigue passagère la fièvre dont Atala paraît consumée; mais celle-ci, détruisant cette trompeuse espérance, balance tristement la tête, et ayant fait signe que l'on s'approche de sa couche, elle raconte qu'elle entrait dans sa seizième année lorsque sa mère, prête d'expirer, l'avait engagée à confirmer le vœu qu'elle avait fait pour elle, de consacrer sa virginité à la Reine des Anges si Dieu lui conservait la vie; qu'elle avait juré sur l'image de la Sainte Vierge, entre les mains d'un saint prêtre, de ne pas démentir celle qui lui avait donné le jour, et de ne point l'exposer, en la trahissant, à des peines éternelles; enfin, que sa mère l'avait menacée de sa malédiction si jamais elle rompait ce vœu, et si elle ne gardait pas le secret le plus inviolable envers les païens, ennemis de sa religion, sur tout ce qui concernait ce saint engagement. Elle ajoute le triste récit de sa passion naissante pour Chactas lorsqu'il était menacé du supplice du bûcher, ses combats avec elle-même pendant leur fuite au sein du Désert. Non, dit-elle, aucun tourment n'est comparable aux peines que j'ai ressenties, certaine de mourir si je laissais Chactas subir sa destinée, certaine aussi de courir à ma perte si je consentais à fuir avec lui. Le père Aubry l'interrompt pour l'assurer qu'elle pouvait se faire relever de ses vœux, qui n'étaient que des vœux simples, et devenir l'épouse de Chactas. Elle éprouve à cette nouvelle une défaillance convulsive dont elle ne sort que pour tomber dans un affreux désespoir. O mon père, que ne vous ai-je connu plus tôt! de quel bonheur j'aurais joui, épouse de Chactas chrétien! Celui-ci veut la calmer en l'assurant que ce bonheur allait être leur partage. Jamais! jamais! répond Atala. Tu ne sais pas tout... Hier, pendant l'orage, pressée par toi, j'allais trahir mes vœux, entraîner ma mère avec moi dans les flammes de l'abyme, et mériter à jamais sa malédiction. Craignant de succomber... Qu'avez-vous fait? s'écrie éperdu le père Aubry. Un crime, répond-elle. Bientôt elle avoue qu'avant son départ, prévoyant sa faiblesse, elle s'était munie d'un poison dont elle croyait l'effet aussi prompt qu'inévitable, et que ce poison circulait dans ses veines.

En vain le vieillard, brûlant d'un zèle tout divin et se flattant d'arracher à la mort cette jeune vierge digne de la palme des martyrs, gravit la montagne, et, malgré le poids des ans, court cueillir des plantes salutaires. Il n'est aucun remède qui puisse la rendre au jour. Il faut se dire un éternel adieu.

Vers le soir, des symptômes toujours plus effrayans s'annoncent; un engourdissement général gagne les membres d'Atala, un froid mortel glace les extrémités de son corps. Elle ne sent déjà plus la main de Chactas posée dans la sienne; elle entend à peine sa voix, et ne le voit plus qu'à travers un nuage. Hélas! naguère si pleine de vie et de santé, tressaillant au seul toucher de cette main chérie, maintenant ne conservant un reste de chaleur que dans son ame tout occupée de ceux qui l'entourent! Oui, Chactas, lui dit-elle, je meurs bien jeune: hé bien! je ne changerais pas le peu de jours tourmentés que j'ai passés avec toi contre de longues années sans t'avoir connu. Déjà ses doigts errans cherchent à toucher des objets fantastiques, ses lèvres profèrent des paroles sans suite, et semblent converser avec des esprits invisibles. Elle essaie de détacher une petite croix qu'elle portait à son cou, suspendue à un collier; mais, ne pouvant y réussir, elle prie Chactas de la dénouer. Cher Chactas, lui dit-elle, c'est le seul bien que possède Atala. Lopez, ton père et le mien, l'envoya, lors de ma naissance, à ma mère. Reçois de moi cet héritage, et conserve-le en mémoire de mes malheurs. Elle adresse ensuite à Chactas la prière de se faire instruire dans cette même religion, de la divinité de laquelle il voyait une preuve convaincante sous ses yeux, puisqu'elle trouvait dans ses consolations la force de le quitter sans éprouver les angoisses du désespoir. Chactas, en poussant des sanglots déchirans, le lui promet. Le père Aubry ne veut pas suspendre davantage l'accomplissement du sacré mystère qui doit ouvrir le Ciel à la sainte qu'il réclame. Il lui présente le pain de vie. Le sacrifice est consommé. Atala vient de rendre l'ame.

Pendant deux jours entiers Chactas reste enseveli dans une stupeur profonde. Il en est retiré par le besoin de donner une sépulture au corps de son amante. Il convient avec le père Aubry de lui choisir pour dernière demeure une place sous l'arche du grand pont que la nature a jeté d'une montagne à l'autre dans les vallées profondes qui s'étendent au pied de la grotte. Ils doivent partir tous deux le lendemain dès le retour de l'aurore pour enterrer Atala sans pompe et sans bruit. Silencieux convoi dont les forêts seules sont témoins! Marche lente et funèbre, où, précédé du vieillard portant une bêche, le jeune sauvage descend le sentier qu'il avait naguère gravi plein de joie, maintenant ployé sous le fardeau du corps d'Atala, et plus encore sous le poids de sa douleur! Ils arrivent. Le corps est déposé sur l'herbe, enveloppé dans une pièce de lin que le père Aubry avait destinée pour lui-même, seul bien qu'il ait conservé de ce qu'il apporta d'Europe. Bientôt il ne restera de tant de charmes et de vertus que leur souvenir.

La tombe est creusée, le lit d'argile est préparé. Malheureux Chactas! tu avais espéré de préparer pour Atala une autre couche.

Le corps a successivement disparu sous la terre, dont le vieillard et le jeune homme le couvrent en gardant un morne silence.

Chactas voulut se fixer au village de la Mission, et ne point quitter les restes de celle qu'il aima si tendrement. Le père Aubry s'y opposa. Retournez, lui dit-il, aux lieux de votre naissance; allez consoler votre mère qui vous pleure; et, lorsque vous en trouverez l'occasion, faites-vous instruire dans la religion de votre chère Atala: vous lui avez promis d'être vertueux et chrétien; moi, je veillerai ici sur son tombeau... Partez, mon fils; Dieu, l'ame de votre sœur, et la pensée de votre vieil ami de la Montagne, vous suivront au Désert.

Chactas, avant de s'éloigner du séjour qui renferme tout ce qu'il eut de plus cher au monde, voulut dire adieu au tombeau d'Atala. Il s'y rendit le lendemain après avoir pris congé de son hôte vénérable, et reçu de lui ses derniers conseils, sa dernière bénédiction et ses dernières larmes.

L'aurore suivante retrouva Chactas pleurant sur la tombe d'Atala, et ne pouvant s'en séparer. Enfin, rassemblant ses forces, trois fois il évoqua l'ame de son amante, trois fois l'écho répondit seul à sa voix. Tombant à genoux et embrassant étroitement la fosse, il s'écria : Dors en paix dans cette terre étrangère, fille trop malheureuse! Pour prix de ton amour, de ton exil et de ta mort, tu vas être abandonnée, même de Chactas.

Alors il verse des flots de larmes, et, rappelant tout son courage, il s'arrache de la sépulture solitaire où repose la dépouille de la plus belle des vierges, oubliée des hommes, et seulement visitée par les premiers rayons du soleil qui pénètrent obliquement sous la voûte de l'arche du grand pont quand cet astre se lève sur ces tranquilles contrées.

Châteaubriant, que ne m'a-t-il été permis de me servir de tes propres paroles pour raconter cette aventure du Désert, qui renferme plus d'héroïsme et de vertus que les plus longues histoires de l'ancien monde! C'est dans ton ouvrage plein de charme qu'il faut lire celle de Chactas et d'Atala. Je n'ai voulu qu'en donner une rapide esquisse, et je renvoie à ton livre celui qui veut s'instruire et pleurer.

Atala délivre Chactas.

Chactas cueille un chaste baiser
sur les lèvres d'Atala.

Atala panse la blessure
de Chactas.

Le Père Aubry rencontre
Atala et Chactas.

Chactas disperse une Rose sur
le front d'Atala endormie.